KB074361

아름다운 통점

이미지북 시선 002

아름다운 통점

1판 1쇄 인쇄 | 2021년 12월 10일
1판 1쇄 발행 | 2021년 12월 15일

지 은 이 | 김현주
펴 낸 이 | 이영희
펴 낸 곳 | 이미지북
출판등록 | 제324-2016-000030호(1999. 4. 10)
주 소 | 서울특별시 강동구 양재대로122가길 6, 202호
대표전화 | 02-483-7025, 팩시밀리 : 02-483-3213
e-mail | ibook99@naver.com

ISBN 978-89-89224-53-2 03810

* 본 시집은 (재)전라북도 문화광재단 2021년 지역문화예술 육성지원사업에 선정되어 보조금을 지원 받은 사업입니다.

김현주 시집

아름다운 동침

이미지북

| 시인의 말 |

오래도록 시 곁에 있었으나
이제서야 부끄러운 첫 시집을 묶고 보니
늦가을, 만추晩秋이다.

툇마루에 앉아 가을 햇살을 받으며
시를 읽노라면
마음이 간질간질해지고
가슴이 따끔거리기도 하였다.
어리고 가난하였으나
마음은 가득찬, 만추滿秋였다.

내 시는 비록 가난하겠으나
그 마루에서처럼 마음만은
만추滿秋, 가득찬 가을이고 싶다.
부디, 당신에게도 만추滿秋이길 감히 빈다.

2021년 늦가을,
김현주

제2부 | 달은 언제나 떠 있었다

제3부 | 그리움에도 속도가 있다

제4부 | 봄날은 간다

제1부

봄, 벚나무 그늘 아래

단풍나무

단풍나무, 곱게 물들고 있었지요
이렇게 사는 것이 아니다, 이렇게
사는 것이 아니었다
부끄러운 날들 이어지더니
가을이 오고야 말았지요
누구에게도 말하지 못하던 나는
산에 올라 못되게도
단풍나무에게 다 뱉어내
버렸지요 내 부끄러운 마음
내려오다 뒤돌아보니
아, 단풍나무,
고만, 온몸이
붉게 물들기 시작하데요
내 낯빛이 아무 일 없었다는 듯
뻔뻔해질수록
가을산마다, 단풍나무
붉게붉게 물들고 있었지요

사랑

지구가 잠깐, 우리를 당기는 힘을 잃을 때
당신과 나 사이의 인력이 부쩍, 커질 때

랄랄라

너를 보내고 흰 머리카락이 생겼지 아니 머릿속이 하얘졌지 네 얼굴이 도무지 떠오르지 않았지 보이지 않는 것들은 사무치기도 하지 너를 보내고 한밤중에도 나는 식탁 앞에 앉았지 그때마다 너는 허벅지로 배로 올라와 나를 탐했지 내 몸은 한없이 부풀었지 주인 잃은 거울을 돌려놓고 랄랄라 나는 부를 노래도 없어 속도 없어 그렇게 날이 갔지 해가 갔지 어느 날 너도 이제 꽃다운 시절 다 갔구나 누군가 말했지 거리마다 벚꽃이 흥청흥청 웃고 있었지

화양연화 5
—미싱사

누구도 써주지 않는 내 이름은 미싱사 보조
시다를 하다 미싱 앞에 앉게 되자 작업장의 여공들은
축하한다 했다
부끄러웠다
미싱 앞에 편하게 앉아 알록달록한 팬티의 라인을 예쁘게 박아내는
일은, 부끄러웠다
정작 내 열여덟은 비뚤배뚤, 엉망이었으므로
어린 미싱사들은 주어진 작업량을 채우기 위해
미싱의 발을 밟다가 바늘에 자주 손을 찔렸다
생이, 미싱처럼 도처에 바늘을 품고 빠르고 시끄럽게 돌아가는 것이란 걸
자신의 바늘에 제 손을 찔려가며 피 흘리는 일이란 걸
그때 나는 알았을까
먼지 나는 옷감들 속에서 박음질할 길을 찾지 못해 나는
자주 졸았다
드르륵--- 드르륵---
가끔 내 얼굴을 박는 꿈을 꾸었다
파리한 형광등 불빛 아래
종일토록, 드르륵--- 드르륵---

길 아닌 길을 박다가 꿈 없는 꿈 속을 졸다가
퇴근을 알리는 벨소리에 화들짝 깨어나면
푸른 수의 같은 작업복을 벗어던지고 내달렸다
길 잃은 별들이 공장 불빛들로 피어날 무렵이면
내 무명의 길들은 책을 만났고 비로소, 돋을새김 되었다
책 속 활자마냥 별들이 돋아나던 그 밤 내 눈에도 별이 돋았다
생보다 무거운 눈꺼풀이 힘겨워 쓴 커피를 입에 달고 다니던
나는 주경야독의 미싱사, 꽃다운 나이였다

금천 저수지에서, 낚다

벚꽃 만발한 길을 따라 들어갔는데요 저수지에 몸을 담그듯 낚싯줄을 드리웠는데요 꽃그늘 아래 물빛도 고요히 잦아들 무렵이었는데요 살짝, 바람이 부는 것이었는데요 벚꽃잎 수면 위로 떨어져 내릴 찰나, 물고기 한 마리 펄쩍! 뛰어오르는 것이었는데요 낙화를 제 한 몸으로 온전히 받들려는 것이었는데요 부서지는 봄빛 한 조각 물고기도 안타까워 온몸으로 붙잡아두고 싶어하는 것이었는데요

오월
—5·18

함부로 내뱉지 말라
짧은 세 치 혀의 가벼움

고개 숙이지 말라
유행처럼 번지는 참배, 참배
그것조차
오월 앞에서는

고양이처럼

살랑거리며
흐르듯
골목길을 빠져나간다
나른한 듯 요염한 듯

담장으로 살짝 뛰어 올라
활짝 핀 개나리꽃
희롱하듯 눈길 한 번 주고는
아닌 듯 그런 듯

달아난다
지난 겨울 이겨낸
어린 연초록잎 기특하다
머리도 살짝 쓰다듬어주고
스치듯

간다
지나가는 아가씨 치마도
슬쩍 한번 간지럽히고
설레는 마음까지 건드리고,

또 아는 듯 모르는 듯

어쩌나, 바람 났네
시방, 봄바람 났네

삭망朔望

1
겨울, 하늘엔 아버지의 얼굴 같은 누런 달이
잘린 손톱처럼 박혀 있었다

2
아버지, 배가 부풀어 오르고
점점 부풀어 오르고
아버지, 무엇을 담고 계실까

3
자꾸 토하신다, 아버지!
저, 줄줄이 쏟아내는 것 누렇다 아니
붉다 내 눈도 붉어진다

아버지, 평생 자 본 적 없는 편한 잠에 드셨다
달이 보이지 않았다

아버지의 못다 한 말씀인 듯 눈이 내린다
귀를 후려치는 눈바람을 헤치고 나는
나아간다, 비틀비틀 나아간다

4

나아간다 만삭의 아내는

내 손을 잡아끌며 매화꽃 사이로

가뿐가뿐 나아간다

와! 저것 좀 봐! 보름달이네……

아내가 웃는다

5

봄, 하늘엔 아내의 환한 웃음 같은 보름달이

그림처럼 떠오르고 있다

은행나무를 바라보며

나무는 황금빛이었다
그 찬란한 빛이 지지 않기를 기도했지만
나무는 잎을 떨구었고, 나는
고개를 떨구었다

지나가는 시간을
잡을 수는 없는 것인가

너 없이도 가을이 가고 있었다

밤마다 너의 얼굴이 스쳤다
잠을 설친 내 아침은 늘 피곤했다
그때마다 나는
커피 자판기 안으로 피곤을 구겨 넣듯이
동전을 밀어넣었다

동전만 넣으면 새로 나오는 커피처럼
내 희망도 쑥쑥 뽑아질 날이
있을 것인가

밤길

초승달
흰 등허리가
시려 보이지 않는다
까치밥만 쓸쓸히 남은
감나무도 좋다

십이 년 만에 만난
고교동창
배웅하고 돌아오는
밤길

너의 부재로

너의 부재로
꽃 피고, 지는 것이
예사롭지 않다

모든 것에는 피고, 지는 순간이 있어
항상 피어 있을 것만 같던 너의 사랑도
지는 순간이 있었으니
꽃 피고, 지는 것이 예사롭지 않다

너의 부재로
꽃 지고, 피는 것이
예사롭지 않다

모든 것에는 지고, 피는 순간이 있어
무참히 지고 만 지금 나의 사랑도
다시 피는 순간이 있을 것이니
꽃 지고, 피는 것이 예사롭지 않다

오, 너의 부재로
세상에 피고, 지는

지고, 피는 모든 것들이
예사롭지 않다

오오, 너의 부재로
예사로운 것들이
예사롭지 않은 것들의 순간 순간임을
알았느니 그리하여
예사롭지 않은 너의 부재도
예사로운 것임을 알게 하였느니

금산사 木魚

금산사
木魚 옆
사진 찍는
장님들
썬글라스 끼고
지나치는
눈 뜬 장님들

잠들지 않는 木魚, 쳐다본다

봄, 벚나무 그늘 아래

그 그늘 아래에 서면
살포시 내려앉는
하얀 나비들
그리움에 야윈 어깨
괜찮다, 다 괜찮다
어루만지며

골목길에서

땅거미가 기어나온다
피곤한 그림자를 잡아당긴다
터벅터벅, 동네 어귀 골목길을 걷다가 金은 문득,
길을 잃어버렸다 金은
무섭다 오늘처럼 갑자기
길을 잃고 영원히 출구를 못 찾을 수도 있겠구나
생각한다 아, 이런 골목길이었지, 누가 말했었던가,
여기 이렇게 어두운 골목길이 있다니
믿어지지 않아요, 몇 발짝만 옮기면 바로 저기, 환한 대로大路인데……
金도 믿어지지 않는다
金은 길치다
골목길을 한 번에 빠져나오는 법을 모른다
지름길은 더더욱 모른다
누구에게나 생의 골목길이 주어지는 법이다 그러나,
말끔하게 빠져나오는 사람은 항상 따로 있다
골목길을 빠져나오지 못하겠거든 아예 들어가지도 말 일이다
아무렇게나 주저앉아 주머니를 뒤적거리던 金은
담배 한 개비를 꺼내 곧게 폈다

담배를 입에 물고 金은 어느덧 캄캄해진 밤하늘을 올려다본다
마누라와 자식들이 반짝 웃는다
풀어진 신발끈을 찬찬히 묶는다 金은,
다시 걷기 시작한다 거기,
지상에 새로운 길 하나 열리고 있다

부치지 않을 편지

어디에도 없고
어디에나 있는
당신,
오랫동안 소식 전하지 못하였습니다

밤마다 도시의 야경을 바라보았습니다
적당한 거리를 두고 바라볼 때
아름다운 것들이 있습니다
도시의 야경 또한 그러하지요
가까이 다가가면
불빛들이 어울려 이루어내는 아름다움을
제대로 볼 수 없다는 것을
당신을 보내고 나서야, 알았습니다

사랑에 빠지기보다 사랑을 하고 싶다던
당신의 말씀이
저 불빛처럼 제 가슴을 밝힙니다

망우가亡友歌
—다만 바람이

아무렇지도 않은 날들이에요
꽃이 피고, 잎이 돋고, 낙엽이 지고, 눈이 내리고, 다시 꽃이 피기를 몇 해 나는 고요했어요 내내 고요했어요
이, 고요한 날들의 틈으로 바람이 불어요 저, 바람이 보여요 소리가 들려요 숨만 쉬는 게 사는 것이냐고 너, 살아 무엇하고 있느냐고

그래요, 아무렇지도 않은 날들이에요
이, 고요한 날들의 틈을 넘어 정수리에 꽂히는 바람의 목소리, 내 잠든 풍경風磬을 흔들어 깨우는 저, 목소리가 가끔, 들릴 뿐이에요
다만 바람이, 그것 뿐이에요

제 2 부

달은 언제나 떠 있었다

홍시
새털구름
비 새는 집에서
사랑한다는 말
저물녘 편지
그래도 삶은 축복처럼
달은 언제나 떠 있었다
대밭에서 1
대밭에서 2
권주가 勸酒歌
새싹
단풍놀이
낚시
하산
절벽
울다, 해질 무렵에

홍시

쓸쓸한 가을 저녁
옷깃 여미며 걷는 그대

골목길 비추려고
가지마다 붉은 등 걸려 있다

새털구름

얼마나
더
가벼워지고
싶었는가

깃털마저
벗어던진
저
순백의 승천

비 새는 집에서

똑똑, 천장에서 봄비 떨어진다

빗물 떨어지는 자리
양동이를 받쳐 놓았다
저 빗물이야 양동이로 받는다지만
얼룩진 천장이야 벽지를 덧바른다지만
똑똑, 자꾸만 나를 두드리는
당신은 어찌할까나
내 마음에도 양동이를 받칠까나
벽지를 덧바를까나
아니
아예 이참에
몇 번의 수리에도 다시 새는
부실한 내 집 허물고
새 집 지어
당신과 실하게 살아 볼까나

어쩌자고 봄비는 저리도
똑똑, 내 마음을 두드리는가

사랑한다는 말

한 점 바람 되어서나
할 수 있는 말
그때에서나 할 수 있는 말

그대는 죽어 나무 된다 하였지
나는 바람 된다 하였네

그대 젖은 잎들 조심스레 닦아주며
그때에서나 할 수 있는 말

사랑한다는 말
그 말
내 죽어 한 점 바람 되어서나 할 수 있는 말

저물녘 편지

얼마나 슬프면
당신은
온몸이 타는 줄도 모르고
이다지도
붉은 울음 길게 토해내십니까
사람의 날들로는 헤아릴 수 없는
一片丹心
지켜볼 수밖에 없는 이 사람의 눈도
저물녘마다 붉게 물듭니다
당신, 찬란하지도 않은 내 생 저물 때
그때도 이리 뜨겁게 울어주시겠습니까
그때에 당신 울음 마디마디 밟고
당신에게로 나, 돌아갈 수 있을까요

그래도 삶은 축복처럼

미소 짓는 영정 사진 앞에
한바탕 눈물을 쏟아내고
염을 곱게 마친 그녀를
떠나보낸 우리는
한 친구의 집으로 옮겨 가서
산 사람은 살아야지,
서로를 위로하며
자장면과 피자를 먹었다
느닷없는 그녀의 부고로
오랜만에 만난 우리는
쌓인 이야기에 간간이 웃기도 하였다
차츰 침울해져 가는 자리를
툭툭 털고 나오다 우리는
배웅 나온 친구의
만삭인 배를
다시금 보게 되었다
염려스러운 눈길을 거두고
돌아서는 순간
그래도 삶은 계속되는구나,
누군가 나직이 중얼거렸고

저도 모르게 흐르는
눈물 한 방울 툭, 훔치며
스물아홉의 우리는
햇살 좋은 오월의 거리로
휘청휘청 걸어 나왔다
몇 년이 지나고
어느 날
한 친구의 집들이에서
TV로 흘러나오는
스물다섯 여배우의
장례식을 보게 된 우리는
이젠
그녀의 기일을
기억하지 못한다는 걸 알았다
아무도 말할 수 없었다
살아가기 위해
우리가 잊은 것은 많다고
그녀의 기일 말고도
기억해야 할 건 너무 많았다고
말할 수 없었다

우리는 깊게 침묵했고
누군가 다시 신음처럼 중얼거렸다
그래도 삶은, 여전히 계속되겠지……

달은 언제나 떠 있었다

해를 좇아다녔네
빛 찬란해 황홀했네
해가 어둠 속으로 숨어들면
당신이 보이곤 했네
어리석음이여,
당신 항상 내 곁에 있었거늘,
나는 보이는 것만을 보며
여기까지 왔네
당신 떠난 캄캄한 이 밤
마음눈 크게 뜨고
당신을 찾아 나서겠네

대밭에서 1

흔들리는 몸
곧추세우려
애꿎은 바람
허리 꺾어
매일 매를 들었으니
파랗게 멍들 수밖에

가벼워야 견뎌낼 수 있음을
낭창낭창 오를 수 있음을
멍든 후에 알았으리
그리하여

비워낸 속
마디마디 푸른
화두話頭

대밭에서 2

너의 길이
지금 곧지 않다 하여
상심하지 말아라

수없이
곡선을 그려내며
기어코
이루어 낸
저 푸르디푸른 직선을 보아라

권주가勸酒歌

아, 그러니께, 시방
시를 쓴다고?
아, 안 써진담서
뭣땜시 그리
기를 쓴당가, 잉?
아따, 그 놈의 시
냅두고 이리 좀 오랑께
그거 보고 있음
밥이 나오는가, 술이 나오는가?
자, 자, 그러덜 말고
한 잔 쭈욱 들이키드라고, 잉?
답답할 땐 이게 최고여! 아, 이 맛 모름서
무슨 시를 쓴다고 그랴?
첨엔 쪼까 쓰긴 해도
어뗘? 술술 잘 넘어가제? 워뗘? 속이 다 훠언해지제?
무식한 소릴랑가 몰라도
내가 볼 땐 말여, 긍께
이것이, 바로 시랑께
우리 같은 사람들한텐 말여
거, 어렵고 비싼 문자들 쓰덜 말고

꼭 요놈맨치로 써 보랑께, 잉?
저 말여, 내 말이 좀 거시기헌가?
아깝게 요 피 같은 것을
어찌 그리 흘려쌋고 그런당가, 잉?
자, 그러덜 말고
한 잔 더, 워뗘? 잉? 잉?

새싹

봄이 온다,
봄은 온다고

온몸으로
증거하는

파릇파릇한 말씀

단풍놀이

저
빛 고운
다비식에
조문객이
너무 많구나

낚시

.

.

.

희

망도

나를 물고

올 라 갈 수

있다면 저 낚시꾼의

대어처럼, 물살 튕기며

파아란 하늘 위로

힘차게

을 수 있

솟 다

치 면

하산

어렵다
올라가기보다 내려오기가

눈 쌓이고
발아래 환할 무렵이면
쉬워질까
나아가기보다 물러서기가
너에게 가기보다 너를 두고 돌아오기가,
그때쯤이면
세상을 하산하기도
쉬워질까

멀었다
한참 멀었다

절벽

너는 얼마나 많은 것들을 품고 있는지

손 내밀어 너의 차가운 피부를 어루만졌더라면
단 한 번이라도 온몸 바쳐 너에게 올랐더라면
그 아득한 가파름을 수평으로 만들 수 있었을까
팔베개하고 누워 꿈 없는 잠도 청해볼 수 있었을까

나는 얼마나 많은 것들을 묻었는지

미안하다
나 또한 너에게 절벽이었다

울다, 해질 무렵에

네 눈과 마주칠 때마다 가슴이 저린다
어디에고 너 있으니 바라보는 모든 것들이 저리지 않겠느냐
가로등이 찬찬히 눈을 뜨고 별들이 얼굴을 내밀 때
이를테면 네 눈동자 같은 저 빛나는 것들에
어찌 또 눈물 흐르지 않겠느냐
아름다운 것은 늘 가슴을 저리게 한다

제3부

그리움에도 속도가 있다

생의 모습은 하나가 아니다

회사 앞
대숲을 보노라면
허리가 절로 꼿꼿해졌다
늘 푸르러서
나 또한 푸르렀다
계절이 변하는 것을
알 수 없었다
세상의 가을이 깊어지고
문득
저 대나무들
한없이
외로울 거란 생각,
늘 푸르르기란
얼마나 곤고한 일인가
그러나
저 또한 한 생인 것을,
변하는 순간이
곧 죽음인

화양연화 2

지나고 보니 다 꽃피는 날들이었다고?
망각이 우리를 그곳으로 안내하였을 뿐,
두려워하는 그대여
아니다!
아직 봉오리도 맺지 못한 꽃
그대 가슴에 꼭꼭 숨은 꽃
피워라!

그대, 아직 늦지 않았다

안구건조증

세상의 행간
제대로 읽지 못해
아무 때나 왈칵 눈물을 쏟아내기도 하고
정작 울어야 할 땐 울지 못하기도 합니다

그리움에도 속도가 있다

연분홍색 통지서가
두 통이나 날아들었다
너를 보러 가던 길,
마음 급한 내 차는
그리움의 속도를 이기지 못했다

과속이라니? 범칙금이라니? 그리움엔 속도가 없는 것인데,
그리움엔 값이 있었나요?
나는 나만의 속도위반 면책사유를 중얼거리다
피식 웃으며 동네 파출소를 향해 시동을 걸었다
남쪽에는 매화가 흐드러지게 피었다고
라디오에서는 너의 안부를 알려오고
나를 잊지 말라고
그러나 그리움도 잊음도 결국은 속도의 문제라고
고운 연서 바람에 나풀거린다

순간
차안 가득 퍼지는 너의 향기, 아찔한
봄날이다

공전公轉

세상의 문장들 바람처럼 떠돌고
어떤 것도 시가 되지 못하는
겨울 저녁
노을처럼
타는 속 어쩌지 못해
운동화끈 고쳐 매고
붉은 우레탄 트랙을 돈다
언제까지 네 곁을
뱅뱅 돌기만 하려는지,
턱밑까지 차오르는 숨을 내쉬며
나는 중얼거린다
돌다가 정말 돌아버릴지라도
어쩌겠는가
평생 너 한번 잡지 못할지라도
오늘도
뱅뱅 돌 수밖에 없으니
시여,
부디 이 문맹자文盲者를 용서하라

단풍나무 열전

끝내 등 돌린 사랑에게 온몸으로 쓰는 저 붉디붉은 유서를 어찌할 것인가

그 흔한 비문 하나 생각한 적 없으니 나도 이제 그만 조용히 쓰러지겠다

산딸기

서고사* 입구에
낮붉힌 산딸기
당신께 드릴 수 없어
그대로 두고 왔네
아무도 모르게
알알이 맺힌
그 붉은 마음

* 서고사西固寺 : 전주시 황방산에 위치한 절. 후백제 견훤이 완산주(지금의 전주)에 도읍을 정하고 왕 즉위시(908년)에 명덕화상에 의해 창건됨.

산죽

한사코
오르려고만 하는
나에게
낮은 생일지라도
푸르라, 푸르라고
햇빛 속에 선명한 말씀
낮은 키로 누워
위만 보는 내 눈을 쿡, 찌른다
아니
내 가슴을 쿡, 찌른다

새치의 말씀

뽑지 마라!
나라도 하얗게 살겠다, 살아 보겠다
하니!
함부로 내민 그 손, 거두어라!

함박눈

지금 하늘은
땅에게 열렬한 구애를 하는 중
조심스레 입을 맞추더니
이제 기어코 하늘은
땅의 속으로 들어가는 중

그칠 줄 모르는
저 질펀한 통정!
하얗게 부신 오르가즘,
땅 위 모든 것들 눈 감아도
몸이 달아오른 사내와 계집
서로의 몸을 감는,
아이들과 누렁이만
신나서 뛰어다니는 황홀경 속

우리가 부르는 봄은
다 저들이 피워낸 사랑

편지

한 줄 한 줄
온몸과 마음을 굽혀
당신께 드리는
고요한 경배

단풍

다시 한 생을
품고
화르르,
제 몸에
불 댕기는
환한 적멸

객客

세상 어디에도 씨앗을 뿌리지 않겠고 무엇도 내 손으로 거두지 않겠다 그리하여 어디에도 적籍을 두지 못하였으니 나는 유령이요, 바람이라 내 빈곤한 영혼 누일 방 한 칸 어디에도 없으니 공중누각을 지을까나

착근着根의 생이란 나에게는 허방,

내 사랑, 일가一家를 이루지 못했다

벚꽃 그늘 아래

봄의 아름다운 통점을 지난다
가지를 하늘로 밀어올린 꽃잎들은 정작 제 몸은 밀어올리지 못하고
바닥으로 내려앉는다

—너의 빠른 걸음을 눈으로 쫓으며 나는 터벅거렸다
견디기 위해서 너는 그렇게 달린다 했다
불안한 영혼은 결코 쉬지 못하는 법이라고 나는 말했다
쓸쓸한 꽃잎처럼 너의 웃음이 툭, 떨어졌다

흑과 백, 수묵의 날들이 갔다
농도가 짙거나 옅었을 뿐인 내 청춘,
하늘하늘 설레는 꽃을 감당할 수 없었고

나는 꽃이 되고 싶지 않았다—

너의 웃음이 멀어져 간 자리,
분분한 꽃자리마다 쌓이는 통증을 밟고 봄날은 간다

길치

지도 한 장 지니길 바랐지요
길을 잘 못 찾거든요
드디어 지도 한 장 구했지요
그런데 말예요
내 눈은 지도를 들고도
길을 읽어내지 못하는 거예요
그러니 지도는 무어란 말예요
시력이 약한 나에겐
문자도 그림도
암호인걸요
지도조차 암호인걸요
내 눈이 나쁜 줄도 모르고
길은 내 안에 있는 줄도 모르고
지도 한 장
지도 한 장만, 하였지요

첫사랑

쩍쩍
금이 갔다
시간이 감전되었다
포박당한 그 순간,
백만 볼트짜리

네가 들어왔다

제4부

봄날은 간다

비밀의 화원
누에
사월 첫날
나무도마
밤낚시
가을 유서
불면증
겨울 호수
화양연화 6
겨울, 사철나무 옆에서
낭만
당신의 신발
봄날은 간다
버들강아지
매미
11월

비밀의 화원

비밀의 화원 하나 있지
붉은 장미 탐스러운, 그러나 그 장미 가시
당신의 붉은 마음 같은 붉은 피,
툭! 한 방울 흘리며 돌아서고마는 정원
누구나 탐내지만, 아무도 가질 수 없는

비밀의 화원 하나 있지
아무도 알지 못하는 그 화원엔
당신만이 들어올 수 있지
생의 비밀을 아는 당신만이
그 길을 찾을 수 있지, 만들 수 있지

아무도 모르는 곳, 누구도 없던 곳, 그때 당신은 내 무릎을 베개 삼았던가, 우리는 말없이 웃었던가, 하늘은 맑았던가, 나뭇잎들이 바람을 타고 흔들렸던가, 사과꽃이 피었던가, 이런 곳에 폭포가 있다니, 그 폭포 속에 밀어를 쏟아부었던가,

우리는 비밀의 화원으로 걸어 들어갔다

누에

한 줄의 시를 쓰기는커녕 세상에 널려 있는 시 한 줄도 보이지 않는 나날이었다 내 속도 제대로 보이지 않는 나날이었다 시를 필사하다 가끔 정신을 차리면 손에는 언제 생긴지 모를 상처들이 물끄러미 나를 쳐다보고 있었다 빌어먹을, 시는 무슨 시? 나는 자꾸만 방안에서 데굴데굴 이불을 말았고 시간은 찰랑찰랑 잘도 흘러갔다 덜컹덜컹, 잡념은 창문을 흔드는 겨울바람처럼 날아다니고, 누가 청춘이라 하였나, 스무 살, 사고로 고개를 잘 가누지 못하던 나는 자주 연필을 놓쳤고, 검은 실처럼 풀려 집안을 돌돌 마는 어둠과 자주 조우하였다

사월 첫날

그렇지 않더라도
사는 게
그렇지 않더라도
봄날 꽃밭이려니,
속는 셈 치고
눈 딱! 감고
한 세상 징하게 살아보라고
꽃들이 웃었다

눈시울이 뜨겁다

나무 도마

1

너는 내 몸을 쩍쩍 가르지
내 몸에서는 네가 취한 다른 것들의 냄새가 나기도 해
아무 것이나 먹어대는 너의 잡식성
때로 피가 튀기도 하는 너의 사랑
그 비릿함을 참을 수 없어, 그 잔인함을 참을 수 없어
너를 받을 때마다 온몸을 던져야 하는 어이없는 내 사랑을 아니?
탁! 탁! 탁!
환한 주방에서 네가 나를 만질 때마다 내 허리는 끊어지지
눈을 질끈 감을 때마다 형광등 불빛이 멀어지곤 해
우리 사랑이 끝나고 너, 집으로 돌아가면
난 어정쩡한 뒷물을 하고 다시 너를 기다려야 하지
햇살 속 상처투성이 몸을 차마 볼 수가 없어
오늘도 주방 한구석에 소리도 없이 웅크리고 있지
이 냄새들은 어떻게 해야 지워질까……

2

사람들은 나를 도마라고 부르지만, 나는

도마가 아니다
나는 숨겨진 애인이요, 맞는 여자, 먹고 싶을 때만 생각나는 조강지처
너의 알량하고 고귀하신 사랑이라는 이름, 이젠 신물이 나네
오늘 밤엔 칼을 부러뜨리겠네, 그리고 즐거운 나의 집에서 나가겠어
안녕, 안녕 칼들이여, 내 몸을 가르는 무기들이여,
부디 천년만년 사시든지 말든지.

밤낚시

그리움 하나 호수에 찌로 담그고 푸른 어둠 속에 숨어 그런 일 없다 짐짓 모른 척하였더랬습니다 하, 그런데 언제부터인지 당신의 눈썹 같은 초승달이 물끄러미 나를 내려다보고 있지 뭐예요 나는 그만 부끄러워져 호수 속으로 찌가 아닌 나를 담그고만 싶어졌습니다

가을 유서
—단풍

너에게 가 닿지 못하는 것들,
이 혀 짧은 말을 어디에 쓰겠느냐
읽히지 못하는 글을 어디에 쓰겠느냐
더 이상 너에게 쓰여지는 문장은 없으리
뜨거운 것 없으리
불붙던 내 사랑, 절정에서 멈추었으니
바닥으로 미련 없이 떨구리
훗날 내 거름으로 누군가 다시 한 생 불태워도 좋으리

불면증

이것은 아닌데
이런 것은 아닌데,
눈꺼풀 무거운 날들 간다

잠들지 못하는 밤
버릇처럼 집어 드는 책 속의
활자, 제대로 읽어낼 수 없다
세상 같다

피곤한 어둠이
새벽으로 빨려 들어갈 때

난독의 세상
다시 밝아 오고

불면의 날들 무심히 책장 넘기듯
간다

겨울 호수

너를 만나고 돌아오는 길
새 한 마리 톡톡,
얼어붙은 호수를 쪼고 있다
겨울 호수는 시간의 결빙을 꿈꿀 뿐,
투명한 속내는 아무 것도 비추지 않는다
존재를 견디는 부리, 새는
자신을 쪼고 있는 것이다
새의 부리가 안쓰럽다고 느낄 때
가슴께로 톡톡 번지는 통증,
얼어붙은 것은 네가 아니었구나
내 마음이었구나

화양연화 6

시절詩節이 하 수상하였다
시절詩節마다 당신이었으니
바야흐로 꽃피는 시절時節이었다

겨울, 사철나무 옆에서

양지바른 화단의 사철나무 붉은 열매,
겨울 햇살을 조롱조롱 매달고 있다
그 옆에서 나도 당신 생각
조롱조롱, 해바라기한다

저 붉은 열매
배고픈 새들의 먹이 되어
널리널리 씨앗이 퍼지게 하는데,

내 마음은
어떻게 당신에게 날아가게 할까
씨앗을 퍼뜨릴까

괜시리 사철나무 한번 흘기며
붉어진 얼굴을 간질이는
겨울 햇살을 향해 손을 뻗어본다

낭만
—신경주역에서

니 보고 싶어 케이티엑스 타고 왔다 아이가,
니 보고 싶어가…

휴대 전화기 너머
그녀에게 전하는
남자의 투박한 고백이 역사에 울린다

남자의 얼굴이 붉게 물드는 게
하느님 보시기에 심히 흐뭇하셨던지
때마침
석양을 내려 가려주시는 것이었다
왠지
내 심장도 두근두근,
붉게 물드는 것이었다

당신의 신발

당신을 만날 때마다
마음은 접어두기로 한다

화르르, 마음 같은 건
보이지 않아요
어디에 쓰게요

언제나 발이 떨어져 있는 당신,
나는 당신의 마음 따위 잡을 수 없다는 걸 안다

당신의 발도
신발도 내 몫이 아니다

당신의 신발을 감추고 싶다,는
어느 시인의 말

나는 당신의 신발을 그저 한번
쓰다듬는다

봄날은 간다

저런,
저 눔의 염소들이
개나리 낭구 하나씩 잡고
잘도 먹네
저걸 어째야!

니들은
오지게 배부르것다
봄을 통째로 뜯어 먹고야,
니들 땜시 봄 다 가겠어야,
아까워서 워쩐대!

버들강아지

당신에게
버들강아지
꺾어드렸네

봄볕에 탄 것인지
내 마음이 그런 것인지
한없이 붉어진 얼굴

뛰어와서라고,
숨이 차서라고

덤불에 긁힌 한 손 뒤로 숨기고
덩굴로 묶은
버들강아지
수줍게 내밀었네

매미

아직 울어야 할 일이 많다고,
네가 운다
이제는 목놓아 우는 것이 어려워진
어른이 된 우리를 대신하여
울어도 된다고,
괜찮다고

네가 운다

11월

엉겅퀴 홀씨 하나
빈 논을
홀로 버티고 서 있다

허허로운 오늘 하루도
단단히 잘
살아내야겠다고,

삶의 통점, 시의 통점을 깨고 나오는 '고통'의 신호들

오종문_시인

1. 들어가면서

시인의 길을 걷는다는 것은 어떤 의미일까. 시인으로 살아간다는 것은 또 어떤 마음일까. 그리고 시인의 시는 스스로에게 어떤 위안을 줄까. 또 독자들은 그 시를 통해 얼마나 공감하고 위로 받을까. 시를 짓는다는 것은 우리말을 배우거나 수학 공식을 풀 듯이 시간을 투자하고 노력한다고 해서 좋은 시를 쓸 수 있는 것은 아니다. 어느 날 영감이 떠올라 불현듯 써지는 것은 더더욱 아니다. 때문에 인생이 무엇인가라는 질문처럼 쉽게 대답할 성질의 것이 아니다. 그러나 오랜 침잠沈潛의 시간 속에서 살고 있던 날것들이 잘 익은 상상력으로 발효되고, 각고의 노력을 통해 자기의 전 생애를 내던진 결과에 의해 좋은 시가 탄생한다는 것은 이미 입증된 사실이다.

시 짓기의 즐거움은 아픔과 괴로움을 동반한다. 그렇지만 인간에 의해 창조된 언어, 모국어를 사용해 자기 존재의 최대치를 표현할 수 있다는 마음의 치유를 얻는다. 이 점이 현세의 우리들에게는 물론 미래의 사람들에게도 고도의 즐거움을 선사한다. 하지만 시인이 이 즐거움에 대항해서 경계해야 할 것은 일상의 익숙함과 습관처럼 몸에 밴 고정관념을 깨는 일이다. 상투적 표현과 습관적인 시구를 버리고 심미안審美眼으로 새로운 흐름을 만드는 '시 짓기' 작업이 필요하다. 단순하게 어떤 사건이나 사물 그대로를 기술하는 것이 아니라 새로운 감각을 부여하고 행동이나 개념, 물체 등이 지닌 특성을 간접적·은유적으로 표현하는 시 짓기는 공감을 불러일으킨다.

그렇다면 김현주는 왜 시인의 길을 걷고 시를 짓는 것일까. 자신을 확인하고, 그걸 증명하기 위해 시가 필요한 것이다. 이 문명과 팽팽한 긴장 관계를 유지하기 위해, 늘 깨어 있기 위해 시를 필요로 한다. 그래서 김현주가 시를 생각하고 시를 쓰는 시간은 어지러운 세상 속에 없던 길을 내면서 가는 희망의 길이며 위안을 주는 악기이고 자존감을 지켜주는 무기이다.

2. 시인의 길, 시詩의 길

김현주의 첫 시집 『아름다운 통점』은 총 64편의 시편들이 실려 있다. 4부로 구성된 각 부에는 16편의 시편들이 서정의 촛불을 밝혀놓고 독자와의 소통을 꿈꾼다. 그녀가 시인의 길을 걷고 시의 길을 따르는 것은, 단지 지난날의 사건이나 시간을 기록하는 활동이 아니라 자신이 체험한 삶의 끈질긴 사유와 해석을 이어가는 과정이다. 마모된 세상에 한 줌의 자유를 던지면서 끊임없이 변화를 시도해가는 것이다. 기존 관념의 울타리를 허물고 확장된 존재의 자유를 우리말로 표현하고, 그 사건의 체험을 다각도로 해석해 은유한다. 개인적인 이야기에 그치지 않고 독자에게 던지는 질문이 파장을 일으켜 실제 삶에 자유를 선물한다. 그래서 김현주에게 시 쓰기는 공감이다. 시를 쓰는 것은 곧 시 속으로 독자를 초대하고, 타인의 삶으로 걸어들어 갈 수 있는 문이다.

한 줄의 시를 쓰기는커녕 세상에 널려 있는 시 한 줄도 보이지 않는 나날이었다 내 속도 제대로 보이지 않는 나날이었다 시를 필사하다 가끔 정신을 차리면 손에는 언제 생긴지 모를 상처들이 물끄러미 나를 쳐다보고 있었다 빌어먹을, 시는 무슨 시? 나는 자꾸만 방안에서 데굴데굴 이불을 말았고 시간은 찰랑찰랑 잘도 흘러갔다 덜컹덜컹, 잡념은 창문을 흔드는 겨울바람처럼 날아다니고, 누가 청춘이라 하였나, 스무 살, 사고로 고개를 잘 가누지 못하던 나는 자주 연필을 놓쳤고, 검은 실처럼 풀려 집안을 돌돌 마는 어둠과 자주 조우하였다

—「누에」 전문

너에게 가 닿지 못하는 것들,
이 혀 짧은 말을 어디에 쓰겠느냐
읽히지 못하는 글을 어디에 쓰겠느냐
더 이상 너에게 쓰여지는 문장은 없으리
뜨거운 것 없으리
불붙던 내 사랑, 절정에서 멈추었으니
바닥으로 미련 없이 떨구리
훗날 내 거름으로 누군가 다시 한 생 불태워도 좋으리

—「가을 유서-단풍」 전문

「누에」는 고통스러운 시인의 창작과정에서 파도처럼 일어나는 수많은 마음의 변화와 시인의 길을 걷기까지의 과정을 은유하고 있으며, 「가을 유서」는 절정의 삶을 살다가는 단풍의 생처럼 세상 사람들에게 울림을 주는 시를 쓰겠다는 시인의 각오를 읽을 수 있다. 시의 길로 가는 고통이 수반되는 과정 속에서 시인이 어떤 마음으로 시를 쓰고, 얼마나 곡진하고 웅숭깊게 시를 대하는지를 읽을 수 있는 시편이다. 이처럼 김현주에게 시적 영

혼은 형용사적이고 은유적이다. 은유적 욕망은 이미지의 매혹을 정지된 시간 안에 붙들어두려는 욕망으로, 그 이미지는 스스로를 설명하려 들지 않는다. 설사 시적 충동이 죽음 같은 고립 속으로 자신을 내모는 것일지라도 그것은 미학의 영원성을 향한 동경이며, 김현주의 시적 의지는 타자들의 공간, 그 세속적인 자리에 서야 한다는 명제를 드러낸다.

시인은 '시인의 말'에서 "오래도록 시 곁에 있었으나 이제서야 부끄러운 첫 시집을 묶고 보니 늦가을, 만추晩秋"라면서 "툇마루에 앉아 가을 햇살을 받으며 시를 읽노라면 마음이 간질간질해지고 가슴이 따끔거리기도 하였"지만 "어리고 가난하였으나 마음은 가득찬, 만추滿秋였다"면서 "내 시는 비록 가난하겠으나 그 마루에서처럼 마음만은 만추滿秋, 가득찬 가을이고 싶다"고 말하고 있다. 그러나 김현주에게 시의 길은 정착하지 못한 나그네의 길로, 아직 일가를 이루지 못했다고 고백한다.

> 세상 어디에도 씨앗을 뿌리지 않겠고 무엇도 내 손으로 거두지 않겠다 그리하여 어디에도 적籍을 두지 못하였으니 나는 유령이요, 바람이라 내 빈곤한 영혼 누일 방 한 칸 어디에도 없으니 공중누각을 지을까나
> 착근着根의 생이란 나에게는 허방,
>
> 내 사랑, 일가一家를 이루지 못했다
>
> —「객客」

독백처럼 내뱉는 이 시는 두 겹의 층위를 갖고 있다. 하나의 층위가 어느 한군데 정착하지 못하고 떠도는 나그네에 대한 묘사적 진술이라면, 행간 속에 숨어있는 다른 하나의 층위는 시인의 길, 시의 길에 대한 내적 진술이다. 시인에게 시는 평생 한 곳

에 뿌리를 내리지 못하고 떠도는 객일 수밖에 없다. 어느 한곳에 적을 두고 정착한다는 것은 시인의 시정신이 정체된다는 의미로, 시가 흐르지 않고 한 곳에 고이는 순간 시인의 생명은 다한 것이라고 말한다. "착근着根의 생이란 나에게는 허방,// 내 사랑, 일가一家를 이루지 못했다"란 이 표현은 역설적으로 시의 일가를 이루겠다는 의지의 표현이다. 따라서 김현주가 지향하는 시는, 자신만이 요리할 수 있는 독특한 시 재료를 통해 맛있는 시를 만들어내는 것이다. 단독자單獨者가 아닌 이 시대가 요구하는 온갖 제도와 사회적 가치로부터 이탈해 자립, 자존, 자족할 수 있는 시의 완전한 포로가 되기를 원한다. 바로 막걸리 맛 같은 시다. 값이 싸고 누구나 편하게 즐기면서 마실 수 있는 서민의 술 막걸리, 목에 걸리지 않고 술술 잘 넘어가는 막걸리의 맛, 농사일하다 마시는 농주農酒가 아니라 역사와 이야기를 가진 막걸리 같은 시를 빚고자 한다. "어렵고 비싼 문자"(「권주가勸酒歌」)가 난무하는 무거운 시가 아니라 사투리처럼 구수하고 풍미가 깊은 잘 발효된 막걸리 같은 시를 만나기를 원한다.

3. 짧고 간결하면서도 깊이와 울림을 지닌 시

2000년대 중반 한국 시단은 '미래파 논쟁'이 일었다. 당시의 30~40대 젊은 시인들의 작품을 두고 언어실험, 위악적 표현 등 기존 시 문법과는 다른 작품들로 시대를 앞서간다는 의미에서 미래파로 불렸다. 그리고 미래파는 '길고 낯설고 섬뜩한 시를 생산하는 요즘 시인들'이란 뜻의 보통명사처럼 쓰이면서 "소통이 어려운 말장난"이라는 비판도 따랐다. 반면에 미래파를 언급한 권혁웅은 "새로운 세대가 생산하는 시는 요령부득의 장광설이거나 경박한 유희의 산물이 아니"라며 "이들의 작품이 가까운 미래에 우리 시의 분명한 대안이라는 것을 인정할 날이 올 것"

이라고 주장하면서 때 아닌 미래파 논쟁이 벌어지기도 했다. 그러나 시는 단순히 위로에 그치지 않고 감동을 주어야 한다는 견지에서 볼 때 자신의 감정에 따라 시를 길게 쓸 수 있겠지만, 독자는 복잡한 환유를 동원한 '닫힌 주절거림'에 밑줄까지 그어가며 읽어야 할 의무는 없다.

짧은 시에는 시인의 시력과 시야가 압축되어 있다. 사물과 사건, 삶과 세계의 핵심을 파고 들어가는 직관력으로 최소한의 어휘로 내용을 형상화한다. 따라서 독자들에게 감동을 주고 읽히는 시를 쓰는 건 끊임없이 새로운 시도에 나서는 독창적인 시인의 역량이다. 김현주의 명징한 시 몇 편을 만나보자.

> 지구가 잠깐, 우리를 당기는 힘을 잃을 때
> 당신과 나 사이의 인력이 부쩍, 커질 때
>
> —「사랑」 전문

만유인력의 법칙을 빌어 사랑을 말한다. '모든 물체 사이에는 서로 끌어당기는 힘이 작용하고, 그 크기는 두 물체의 질량의 곱에 비례하며 두 물체 사이 거리의 제곱에 반비례한다'는 법칙이다. 즉 질량을 갖는 세상의 모든 물체는 서로 끌어당긴다는 것으로, 너와 나는 고유하고 독립적인 하나의 행성으로 서로 밀고 끌어당기는 우주의 물리법칙에 따른다고 말한다. 이처럼 중력과 인력은 너와 나 사이에 작동하는 관계의 질서이고 사랑의 원리이며, 너와 내가 서로 그리워하는 힘이다. 그런데 시인은 "지구가 잠깐, 우리를 당기는 힘을 잃을 때"라면서 부사 '잠깐'에 방점을 찍는다. 이 말은 중력이 사라진다는 의미로, 만약 사물을 지구 표면에 붙잡아두는 중력이 사라지면 우리는 둥둥 떠올라 캄캄한 우주 공간을 떠돌게 된다. 사람뿐만 아니라 공기와 물도 우주 공간으로 흩어져 우주는 암흑천지가 된다. 그럼에도 시인은 자신에게만 중력이 사라져 온몸이 붕 뜬 채 하늘로 위로 끝도 없이 날아가기를 희망한다. 누군가가 떠도는 자신을 붙잡아 주기를 희망한다. 그래서 "당신과 나 사이의 인력이 부쩍, 커질 때"라면서 부사 '부쩍'에 또 방점을 찍는다. 사랑의 순간만큼은 지구의 중력보다 당신과 나 사이의 인력이 더 크다고 말한다. 너와 나의 만남이 우연처럼 쉽고 사소한 것처럼 느껴지지만, 사실은 지난하고 지극한 우주의 운동 결과라고 말한다. 네가 나에게 오는 동안의 저항을 나는 알지 못하고, 내가 너에게로 가는 동안의 저항을 네가 알지 못할 뿐이지만, 내가 살아온 날들이 너를 만나기 위해 부단히 애쓴 필연과 두려움을 이겨낸 행운의 결과로, 온 우주가 도와주는 선물이라는 것을 은유적으로 표현하고 있다. 강력한 끌림 속에 네가 나인지, 내가 너인지 분간 못하는 그런 사랑이 아니라 너와 나 사이에 존재하는 단단한 끌림을 붙잡고 우주를 유영하며 함께 많은 것을 볼 수 있는 그런 사랑을 할 수 있기를 희망한다. 정말 셀 수 없이 많은 사람들 중, 유독 내 가슴을 뛰게 만들고, 나를 빠져들게 만드는 그런 사람이 끌어당기는 사랑이다. 이처럼 짧은 시는 사람 마음의 급소를 찌르는 비수라기보다는 천둥과 번개에 가깝다. 사실 번개와 천둥은 동시에 발생하지만, 빛이 번쩍인 뒤에 소리가 들리는 것은 빛과 소리의 속도가 서로 다르기 때문이다. 그럼에도 사람들은 빛보다는 소리를 더 두려워한다. 짧은 시는 번개다. 번갯불에 벼락을 맞기도 하지만, 한참 뒤에야 세상을 뒤흔드는 '소리'가 들리는 것이다.

뽑지 마라!

나라도 하얗게 살겠다, 살아 보겠다

하니!

함부로 내민 그 손, 거두어라!

—「새치의 말씀」 전문

새치를 두고 "뽑지 마라!/ 나라도 하얗게 살겠다, 살아 보겠다"란 시구를 통해 시인의 시정신을 발견하고 통찰력을 읽을 수 있다. 새치의 사전적 의미는 '젊은 사람의 검은 머리에 드문드문 섞여서 나는 흰 머리카락'으로, 새치도 검은 머리카락과 다르지 않다. 시인은 검은 머리카락 속에서 쉽게 눈에 확 띠는 새치를 통해 자존감 없이 살아가는 이 시대의 사람들에게 죽비를 내리치고 있다. 강자에게 혹은 권력을 가진 자에게 무릎을 꿇는 비굴함에 각을 세운다. 내 생각과 행동이 정도正道이니 따라야 한다고, 너는 세상에 태어나지 말아야 할 존재이니 사라져야 한다고 외치는 이들을 향해 "함부로 내민 그 손, 거두어라!"라고 외친다. 나와 생각이 다르다고, 나와 사는 방식이 다르다고 함부로 폄훼하거나 내 방식 내 의지대로 길들이려는 세상을 향해 당당하게 소리친다. 이처럼 김현주의 짧은 시는 온갖 고정관념(선입견)에 길들여져 있는 우리의 의식을 뒤흔들면서 답답한 가슴을 뻥 뚫어준다.

다시 한 생을

품고

화르르,

제 몸에

불 댕기는

환한 적멸

—「단풍」 전문

시인은 「단풍」을 통해 부처에게 공양하기 위해 자신의 몸을 불사르는 소신공양燒身供養을 읽는다. 불가의 적멸寂滅은 '죽음·입적·열반'과 같은 뜻으로, 번뇌 망상의 세계를 떠난 열반의 경지를 말한다. 잎은 뿌리에서 생긴 것이니 모두 다 다시 제자리로 돌아가야 한다. 떨어진 잎은 나무의 뿌리를 감싸줘서 어는 것을 막아주고 자양분이 되어 다시 한 생을 키워내는 불가의 윤회輪廻를 은유하는가 하면, 자연의 순리를 거스르지 않을 때 적멸에 들 수 있다고 말한다. 단풍을 나뭇잎 빛깔이 변화하는 현상으로만 규정하고, 화려한 인생을 꽃피운 아름다운 시기로만 이해해오던 우리에게 시인은 새로운 견해를 제출한다. 단풍이 드는 과정도 중요하지만, 그 단풍이 마지막을 향해 가는 과정 또한 중요하다는 것이다. 이 순간 단풍은 죽음을 의미하는 소멸이 아니라 다시 한 생을 품고 태어나 이 세상에 더불어 존재하는 동반자로 거듭난다. 단풍이 혁명이라면 적멸은 연민(공감)의 혹은 연대의 은유로, 자신이 가진 모든 것을 다 불태우고 가는 죽음보다는 자신의 존재를 인정하는 아름다운 소멸이 훨씬 더 애틋하다는 지혜를 준다.

저런,
저 눔의 염소들이
개나리 낭구 하나씩 잡고
잘도 먹네
저걸 어째야!

니들은
오지게 배부르것다
봄을 통째로 뜯어 먹고야,

니들 땜시 봄 다 가겄어야,

아까워서 워쩐대!

—「봄날은 간다」 전문

이 시 「봄날은 간다」는 또 어떤가. 먹성 좋은 염소들이 봄의 전령사 개나리를 하나씩 차지하고 먹어치우는 것을 보면서, "오지게 배부르것다"라고 긍정하면서도 이내 "봄을 통째로 뜯어 먹고야,/ 니들 땜시 봄 다 가겄어야,"라면서 봄이 쉬이 떠나는 것을 안타까워한다. 시간의 유한성을 대하는 시인은 개나리꽃을 먹어치우는 염소의 행위를 통해 '봄날은 갔다'가 아니라 '봄날이 갈 것'이라는 사실을 상징적으로 보여주고 있다. '봄날은 간다'라는 의미 속에는 이미 지나가버린 인생의 봄날에 대한 아쉬움과 쓸쓸함이 짙게 묻어난다. 그러나 시인은 시간이 멈춰버릴 것 같은 한가로운 시골 풍경 이미지 속에서 치열한 삶의 역동성을 발견해 명징한 이미지로 화선지에 담묵으로 그려내고 있다.

이처럼 『아름다운 통점』에 실린 김현주의 짧은 시편들은 부담없이 읽히지만, 그 행간 속에는 우리를 다시 돌아보게 하는 통찰력이 숨어있다. 요즘 시가 무작정 길어지고 어려워지면서 독자와의 소통이 부재한 때에 김현주의 짧은 시편들은 우리들의 구체적인 삶의 안쪽에 들어와 있다. "봄이 온다,/ 봄은 온다고/ 온몸으로/ 증거하는/ 파릇파릇한 말씀"(「새싹」)이나 "쓸쓸한 가을 저녁/ 옷깃 여미며 걷는 그대/ 골목길 비추려고/ 가지마다 붉은 등 걸려 있다"(「홍시」), "저/ 빛 고운/ 다비식에/ 조문객이/ 너무 많구나"(「단풍놀이」), 등 촌철살인과 같은 서정성 짙은 명구들이 증거한다.

"함부로 내뱉지 말라/ 짧은 세 치 혀의 가벼움/ 고개 숙이지 말라/ 유행처럼 번지는 참배, 참배/ 그것조차/ 오월 앞에서는"

이라는 「오월」 작품은 축소지향의 아집으로 5·18을 폄훼하거나 이용하려는 자들에게 일침을 가한다. 5·18은 대한민국의 자랑스러운 자유를 쟁취한 승리의 역사이다. 그 어느 누구의 전유물도 될 수 없는 시대정신 앞에서는 가식적인 참배가 아닌 경건하고 곡진한 마음이어야 한다고 말한다. 이 외에도 「금산사 木魚」 옆에서 사진 찍는 사람들과 선글라스 끼고 지나가는 사람들을 눈 뜬 장님들로 은유하면서, 눈을 뜨고 잠들지 않는 목어처럼 사람도 밤낮으로 쉬지 않고 정진하면서 살아가라고 일침을 가하고, "더/ 가벼워지고" 싶어 "깃털마저/ 벗어던진/ 저/ 순백의 승천"으로 은유한 「새털구름」을 비롯해 「봄, 벚나무 그늘 아래」, 「화양연화 2」, 「안구건조증」, 「편지」, 「화양연화 6」, 「11월」 등의 짧은 시편들은 간결하면서도 소통 가능한, 누구나 공감할 수 있는 시, 깊이와 울림을 지닌 시, 여백을 통해 성찰의 여지를 독자에게 던져준다.

짧은 시는 대개 압축적이기 때문에 독자에게 긴 여운과 명상의 몫을 남겨둔다. 그렇지만 짧게 쓴다는 것은 쉬운 일이 아니다. 함축하고 상징하면서도 읽는 이의 정서를 건드릴 수 있는 시구를 건지려면 깊은 내공이 필요하다. 『아름다운 통점』 시집에 실린 짧은 시편들은 난삽한 소통 불능의 시와 구태의연한 관습적 서정시로 양극화되어 있는 현대시단에 시 읽기의 즐거움을 독자들에게 선사한다. 짧은 시의 행간을 통해 읽는 이들로 하여금 자신만의 상상력을 채워가면서 삶의 여백을 거느리는 성찰의 계기를 마련해준다.

이처럼 사유와 감각을 최고조로 응축하고 수사적 언어를 배제하는 김현주의 시는 독자들의 상상적 참여를 통한 재구성의 가능성을 열어준다. 정제된 이미지로 은유하면서 생략의 미학을 구현하는 귀중한 창작 방법으로 그 가치를 지켜갈 것이다. 그리고 완성도 높은 시인의 정신을 요청해갈 것이고, 그러한 정신의 극점에서 자연스럽게 시의 완성도도 한층 깊어질 것이다.

4. 아름다운 통점에서 화양연화까지

문학의 논리가 회귀하는 곳은 리얼리티reality라 할 수 있다. 은유 역시도 이 리얼리티의 공간에 수렴된다. 김현주 시에 나타나는 리얼리티는 '너와 나의 관계'로 파악된다. 곧 만남의 형식, 화해의 형식은 '마주침-대결-긴장-화해-자기 동일성 증명' 의 과정을 밟아간다. 주체적 자아로서의 '나'와 주체적 타아로서의 '너'가 서로 만나 새로운 의미로 접근해 간다. 이런 만남은 김현주의 시편 곳곳에서 발견되고, 이 시편들의 존재 개발이나 존재 인식은 화해의 과정을 의미한다. 따라서 김현주의 리얼리티는 개별적 시점을 나타내고 있다. 그녀의 시는 그녀가 어디에 서 있는가에 따라 다르게 나타나며, 그녀가 서 있는 자리야말로 글을 태어나게 하는 모태가 된다.

누구도 써주지 않는 내 이름은 미싱사 보조
시다를 하다 미싱 앞에 앉게 되자 작업장의 여공들은
축하한다 했다
부끄러웠다
미싱 앞에 편하게 앉아 알록달록한 팬티의 라인을 예쁘게 박아내는
일은, 부끄러웠다
정작 내 열여덟은 비뚤배뚤, 엉망이었으므로
어린 미싱사들은 주어진 작업량을 채우기 위해
미싱의 발을 밟다가 바늘에 자주 손을 찔렸다
생이, 미싱처럼 도처에 바늘을 품고 빠르고 시끄럽게 돌아가는 것이
란 걸

자신의 바늘에 제 손을 찔려가며 피 흘리는 일이란 걸
그때 나는 알았을까
먼지 나는 옷감들 속에서 박음질할 길을 찾지 못해 나는
자주 졸았다
드르륵--- 드르륵---
가끔 내 얼굴을 박는 꿈을 꾸었다
파리한 형광등 불빛 아래
종일토록, 드르륵--- 드르륵---
길 아닌 길을 박다가 꿈 없는 꿈 속을 졸다가
퇴근을 알리는 벨소리에 화들짝 깨어나면
푸른 수의 같은 작업복을 벗어던지고 내달렸다
길 잃은 별들이 공장 불빛들로 피어날 무렵이면
내 무명의 길들은 책을 만났고 비로소, 돋을새김 되었다
책 속 활자마냥 별들이 돋아나던 그 밤 내 눈에도 별이 돋았다
생보다 무거운 눈꺼풀이 힘겨워 쓴 커피를 입에 달고 다니던
나는 주경야독의 미싱사, 꽃다운 나이였다

—「화양연화 5-미싱사」 전문

'미싱사'란 부제를 달고 있는 이 시는 마치 1970년대 서울 동대문 평화시장의 피복공장 현장에 있는 듯 선명한 이미지로 우리의 시선을 붙들어 놓는다. 우리나라 산업화 과정에서 희생당했던 노동자의 삶이 최초로 사회 문제가 되어 수면 위로 떠오른 장소이고, 열악한 환경에서 일하는 봉제노동자들의 노동조건 개선을 위해 외쳤던 전태일 열사를 소환한다. 그런데 시인은 왜 '화양연화花樣年華', 인생에서 가장 아름답고 행복한 시간이라고 의미를 부여했을까?

이 시는 시인의 인생 이야기이기도 하고, 어려운 시대를 함께

견뎌야만 했던 이 땅의 여성들, 열여덟 꽃다운 나이에 산업현장에 뛰어든 자신의 노동 체험을 형상화하고 있다. 시인의 표현이 너무나 사실적이면서 노동자들의 삶과 꿈을 행간 속에 잘 녹여내고 있다. 대표적인 노동자 시인 박노해의 「시다의 꿈」이 "찬바람 치는 공단거리"를 휘청이며 내달리는 왜소한 시다의 꿈이라면, 김현주의 「화양연화 5」는 꿈과 희망의 끈을 놓지 않는 미싱사의 한 생이 서정성이 짙은 한 편의 시로 승화되고 있다. 사회적으로 인정받거나 대우받지 못한 채 혹사당한 봉제공장 현장의 여공 이야기를 담담하게 표현하고 있다. 열악한 환경의 작업장까지 내몬 사회나 세상에 대해 분노하거나 증오하지 않고, "생이, 미싱처럼 도처에 바늘을 품고 빠르고 시끄럽게 돌아가는 것"이며, "바늘에 제 손을 찔려가며 피 흘리는 일이란" 것을 배우는 삶의 현장으로 승화된다. 시인은 그 어려운 환경에서도 "내 무명의 길들은 책을 만났고 비로소, 돋을새김 되었"고, "책 속 활자마냥 별들이 돋아나던 그 밤 내 눈에도 별이 돋았다"면서 "나는 주경야독의 미싱사, 꽃다운 나이였다"라고 고백한다.

김현주는 또 「그래도 삶은 축복처럼」이란 작품을 통해 세상일에 무덤덤해져가는 우리 인간 사회를 꼬집고 있다. 경쟁사회에서 남들에게 뒤처지지 않기 위해 자기계발에 열을 올리고, 불투명한 미래에 대한 걱정 때문에 스트레스와 우울증 때문에 하루하루를 버티는 삶은 피곤하다. 무엇을 위해 일하는 것인지조차 알 수 없는 날들이 지속되는 삶 속에서 나는 왜 살아가는가? 고민하는 과정에서 사람들이 지쳐가고, 사회에 적응하지 못하고 살아남지 못하는 새로운 시적 지각의 방식을 표출한다. "미소 짓는 영정 사진 앞에/ 한바탕 눈물을 쏟아내고" 염까지 마치고 떠나보낸 후에는 "자장면과 피자를 먹"을 수 있는 게 인간이라고 말하고, 또 떠나보내는 한 친구의 죽음과 또 한 친구의 만삭인 배를 클로즈업 시키면서 그래도 삶은 축복처럼 계속된다고 말한다. 시인은 산 사람은 살아야 하고, 아니 그 삶은 사는 것이 아니라 살아지는 것이기에 슬프다고 말하는 것이다. 세월이 흐르면 친구의 기일을 기억하지 못하는 것이 아니라 친구의 기일보다 더 중요한 삶을 갉아먹는 일들이 너무나 많기에 잊히는 것이지만, 그래도 삶은 여전히 계속된다고 말한다. "꽃이 피고, 잎이 돋고, 낙엽이 지고, 눈이 내리고, 다시 꽃이 피기를 몇 해" "이, 고요한 날들의 틈으로 바람이 불"어 오면 "숨만 쉬는 게 사는 것이냐고 너, 살아 무엇하고 있느냐고" 반문하면서 아무렇지도 않은 날들 속에서도 바람 소리가 들리면 "정수리에 꽂히는 바람의 목소리, 내 잠든 풍경風磬을 흔들어 깨우는 저, 목소리가 가끔, 들릴 뿐"(「망우가亡友歌-다만 바람이」)이라면서도 먼저 떠난 친구의 죽음은 망령처럼 되살아나와 불현듯 터져 나오기도 한다. 그런가 하면 「화양연화 2」는 본래 인간이 지닌 따뜻한 인간성을 옹호하고 인간의 삶을 더 가치 있는 방향으로 안내한다.

> 지나고 보니 다 꽃피는 날들이었다고?
> 망각이 우리를 그곳으로 안내하였을 뿐,
> 두려워하는 그대여
> 아니다!
> 아직 봉오리도 맺지 못한 꽃
> 그대 가슴에 꼭꼭 숨은 꽃
> 피워라!
>
> 그대, 아직 늦지 않았다
>
> —「화양연화 2」 전문

5. 김현주의 사랑법

이 지구에 사람이 살기 시작한 때부터 지금까지 사랑시가 쓰여졌음에도 아직도 계속 쓰여지고 있다는 사실은 놀라운 일이 아닐 수 없다. 그런데 세상의 그 많은 사랑시들은 사랑의 환희를 노래하기보다는 사랑의 부재不在를 노래하는 경우가 많다. 공간을 뛰어넘는 사랑이 가능하다 할지라도 저 난폭한 시간 앞에서 막막해지지 않은 사랑은 없다. 그래서 사랑시는 상처를 지속적으로 후벼 파면서 사랑을 갈망할 수밖에 없다.

> 쩍쩍
> 금이 갔다
> 시간이 감전되었다
> 포박당한 그 순간,
> 백만 볼트짜리
>
> 네가 들어왔다
>
> —「첫사랑」

사랑이 시작되었다. 이때 사랑을 시작하는 사람의 마음은 쩍쩍 금이 갈라지듯 강렬한 현상으로 다가오고, 마치 시간이 감전된 것처럼 시간의 흐름을 느끼지 못할 정도로 빠르게 흘러간다. 그리고 어느 순간 사랑에 감전되어 포박당하는 순간 "백만 볼트짜리// 네가 들어왔다"고 말한다. 그러나 사랑이 시작되는 일은 황홀하고도 불길하다. 풍경과 이미지로서의 사랑은 아름답고 황홀하지만 현실에 맞닥뜨리는 사랑은 꽃처럼 아름답지만은 않다. 김현주의 현실적 사랑은 "똑똑, 천장에서 봄비 떨어"지는 '비가 새는 집'이다. 빗물이 떨어지는 자리에는 양동이를 받치고, 얼룩진 천장은 다시 벽지를 바르면 되지만 "똑똑, 자꾸만 나를 두드리는/ 당신은 어찌할까나" 하면서 아예 집을 헐고 새 집을 지어 한세상을 살아보자고 말한다. 이 말 속에는 그것이 유일한 사랑의 길이라면 기꺼이 그 고통 속으로 걸어 들어가 그 속에서 자신의 사랑을 증명하고자 한다. 그곳은 바로 "아무도 알지 못하는" "당신만이 들어올 수 있"는 "생의 비밀을 아는 당신만이" 길을 찾을 수 있고 만들 수 있는 「비밀의 화원」이다. 그곳은 "아무도 모르는 곳, 누구도 없던 곳"이다. "그때 당신은 내 무릎을 베개 삼았던가, 우리는 말없이 웃었던가, 하늘은 맑았던가, 나뭇잎들이 바람을 타고 흔들렸던가, 사과 꽃이 피었던가, 이런 곳에 폭포가 있다니, 그 폭포 속에 밀어를 쏟아부었던가"라면서 비밀의 화원에서 행해졌던 사랑을 환기시킨다. 그런데 그 사랑의 행위는 두 사람을 긴밀하게 해주는 동시에 치명적인 사랑을 보여준다. 사랑은 세속적인 공간과는 다른 시간 속에 살고 있다. 과거의 사실에 대하여 자기 스스로에게 묻는 물음이나 추측을 나타내는 '~던가'의 종결 어미는, 그 사랑이 과연 내가 생각하고 꿈꾸는 사랑인가를 환기시킨다. 마음에 쩍쩍 금이 가고 백만 볼트로 나에게 들어온 그 첫사랑은 이제 비가 새는 천장의 사랑이며, 아무도 올 수 없는 둘만이 아는 비밀의 화원 속이지만 언젠가는 너를 사랑한다고 고백하는 것과 대면해야 한다. 그러나 모든 사랑시는 지금 이 순간을 노래하지 않는다. 그 사랑은 여전히 당신과 나를 다른 시간에 살게 하는 힘이기에 시인은 이렇게 속삭인다.

한 점 바람 되어서나

할 수 있는 말

그때에서나 할 수 있는 말

그대는 죽어 나무 된다 하였지
나는 바람 된다 하였네

그대 젖은 잎들 조심스레 닦아주며
그때에서나 할 수 있는 말

사랑한다는 말
그 말
내 죽어 한 점 바람 되어서나 할 수 있는 말

—「사랑한다는 말」 전문

6. 나오면서

김현주의 시편들은 삶의 통점, 시의 통점을 깨고 나오는 '고통'의 신호들이다. 이번 시집 『아름다운 통점』은 시인에게 뼛속 깊이 갇혀 있던 고통의 빗장을 풀고, 미학적으로 자아의 세계에 도달하고자 한다. 마음의 단단한 경계를 허물고 나와 세상에 스며들고자 한다. 세상이 자신의 시 속에 스며들도록 한다. 흔들리면서 피어나는 꽃들의 아름다운 통점이 봄을 관통하듯, 상처와 고통을 정직하게 직시하면서 시 쓰기를 계속하는 시인의 정신적 역정歷程이 깊고 따뜻하고 존경스럽다. 그렇기에 다음 시집이 기대가 되고, 그 시편 속에 펼쳐낼 언어의 힘을 믿는다. 그것들이 김현주 시인을 앞에서 끌고 뒤에서는 밀고 갈 것이다. 그리하여 마침내 언젠가는 시의 정점에 도달할 것이다. 그 곳이 어디인지는 알 수 없지만 그곳이 도달해야 할 목적지이고 자신이 원하는 곳임을 이미 알기에 김현주는 시 쓰는 일을 겁내지 않을 것이다. 그러나 그 길은 결국 혼자 길을 내고 가야만 하는 길이다. "예사로운 것들이/ 예사롭지 않은 것들의 순간순간임을" 알게 해주고, "예사롭지 않은 너의 부재도/ 예사로운 것임을 알게" 해주는 것들을 찾아 무소의 뿔처럼 혼자서 가야 한다.

너의 부재로
꽃 피고, 지는 것이
예사롭지 않다

모든 것에는 피고, 지는 순간이 있어
항상 피어 있을 것만 같던 너의 사랑도
지는 순간이 있었으니
꽃 피고, 지는 것이 예사롭지 않다

너의 부재로
꽃 지고, 피는 것이
예사롭지 않다

모든 것에는 지고, 피는 순간이 있어
무참히 지고 만 지금 나의 사랑도
다시 피는 순간이 있을 것이니
꽃 지고, 피는 것이 예사롭지 않다

오, 너의 부재로
세상에 피고, 지는
지고, 피는 모든 것들이
예사롭지 않다

오오, 너의 부재로
예사로운 것들이
예사롭지 않은 것들의 순간순간임을
알았느니 그리하여
예사롭지 않은 너의 부재도
예사로운 것임을 알게 하였느니

—「너의 부재로」 전문